今天原來還是單身!?

森下惠美子

前言 004
第1章 三十好幾的矛盾心態 007
~惠美子的日常1~將錯就錯的日子 016
第2章 強敵現身 029
第3章 重要日子的大決定 037
第4章 搬家地獄 045
~惠美子的日常2~算命 054
第5章 最近怎麼樣呀? 057

第6章　痕跡　065
第7章　～惠美子的日常　特別篇～成長了嗎？　073
第8章　搬家時的小插曲　109
第9章　一個人行不行哪　117
後記　126

前言

大家好
我是森下
惠美子。

距離上次推出的「我的
單身不命苦」已經有三
年，目前的我年紀已經
是三十好幾囉。

雖說我到
35歲前
一直都
很努力，

但依然還是個
35歲單身女子。
面對這個結果，
我自己也很無奈。

如果能不在乎
年齡地悠哉度
日也挺好的～
但我的個性卻讓
我無法忽視年齡
的存在……
新員工
◎年紀
～35歲
左右
好耀眼哪
我想今後還是
會繼續對年齡
斤斤計較
並珍惜地度
過我接下來
的每一年～

第1章　三十好幾的矛盾心態

惠美子（34）單身
任職於大型購物中心
一個人住在1DK
的公寓

森下惠美子
年齡三十好幾，
單身、無男友——
正在思考該
如何回信
這件事的
起頭
可以回溯到今早
上班的時候——
大型
Shopping Center
森下小姐
啊，
佐伯小姐
您才離職
一星期
卻覺得
已經好久
不見了呢
今天是
來歸還
制服嗎？
嗯，
是啊
還有，
這是餞別禮
的回禮
啊，
不好意思，
那我就
收下了
本公司的不成文規定
同仁要離職時，
賣場裡的所有
同事會集資
送個餞別禮
（每人1千日圓）
商品券
離職者再趁
歸還制服時
回送大家相
同金額（大約）
的禮物
手帕
或點心
佐伯小姐不在，
工作都
提不起勁了
呼
別這樣說，
我看妳做得
很好呀

自從我進這家公司，佐伯小姐就一直很照顧我
有問題時總是找她求救，而她也經常幫我
那就明天送舊會見囉
嗯～
女子更衣室
禁止飲食！
佐伯小姐送了什麼當回禮呀？
是絲襪和迷你護手霜耶
興奮
取出
緊張
品味真好哪——
喔，裏面還有信耶
我也有
一人一封呀？
很像佐伯小姐的作風——
從回禮就能看出人品
給森下小姐
謝謝您長久以來的照顧。
雖然年紀比我輕，
卻總是給我許多好建議……
眞的很感謝您
您太客氣了啦
跟森下小姐一起工作時，
總是浸淫在開心的氣氛裏，
做起事來格外輕鬆愉快
不敢當
不敢當
只是……事業固然重要，
但對女人來説，
婚姻大事還是要顧呀。
衷心祝福森下小姐
能夠早日覓得良緣、
過著幸福的日子……
ㄟ？

林下，妳的信裏寫些什麼？
……
啊
我先去買點東西—
辛苦了
信封信紙
文具部
火速—
這就是為何現在—
我會坐在這裏的原因了—
我明白佐伯小姐是看多了我平常的德行，純粹只是為我擔心—
和我媽媽差不多年紀
育有兩女
平日的樣子
昨晚又熬夜了
唉呀
好難過哪—
宿醉
真是的
知道
我都知道……可是……
欲言又止
我還是
還是想為自己辯白一下……

先表示謝意
謝謝您送給我的禮物
再切入正題——
該怎麼寫呢……
唔——
書信指南
女人都嘛希望得到幸福～
但每個人對幸福的定義不一定相同哩～
用稍微傻氣的口吻
才不會顯得太嚴肅?!
我喜歡現在的工作，也有很多想做的事～
其實沒有啦
へ…
一個人自由自在地過日子，
我覺得挺不錯的
雖然有甘有苦啦
而且我也不是沒有交往的對象～
呵呵呵
這句就太虛榮啦…
唔——
好像寫太多了……
同樣的台詞在老家也講過
我工作很忙～
一個人過日子輕鬆多了～
而且我也有去約會呀
嗯～
還有～
要不要寫得再自然一點……

拉拉雜雜寫了一大堆，不如化繁為簡
我認為，不是只有結婚才能得到幸福。
……
看起來有點可怕哩……？
語氣中還透出一種落寞感……
以寫e-mail的感覺來寫呢？
我認為，不是只有結婚才能得到幸福^^
唉唷，反正也沒那麼不幸，只要告訴她別擔心就好了吧
現在的我隨時可以跟朋友出去玩、去旅行，偶爾約個會，一個人過得既快樂又充實，所以並不急著結婚……之類的內容
虛榮到極點
等等
啊
萬一……
對了，我來幫林下小姐介紹個對象吧
考慮到有這個可能性……
算了，反正她一個人也過得滿愜意的
這可不行！

P.S.
但如果有好對象，請務必介紹給我。
…
剛才寫信時的氣魄一下子全沒了……
我知道對很多女性來說，結婚就等於得到幸福
可是，說女人的幸福全寄託在婚姻上
感覺好像在暗示我有多麼不幸，下意識地想大聲反駁：「哪有這種事」！但一方面又希望
有人可以介紹對象給我
心情十分矛盾
這封信的主旨真難統一呀
唔—
嗯—
總算寫好了
呼—

等明天送舊會時把信交給她吧
哇，已經三點多囉
趕快去睡覺
咕～
…
這封信塗塗改改的，最後到底是寫了啥呀？
…
不安
哇塞～這是什麼內容
收到信的人會嚇死吧～
千萬別在半夜神智不清的時候寫信，太危險了
不安感靈驗了
一早睡醒後，覺得一切都無所謂了的惠美子……

工作服
居家服
圓領短袖
圓領長袖
V領八分袖
V領七分袖
V領長袖長版
竟……
竟然有
這麼多件……!!
全都是
黑色的
針織衫……

挑戰

到家了——
今天上班快累死了——
癱倒
已婚婦女的話這時還得去做飯咧~真了不起
御飯糰
妳會不會覺得，就算下班離開公司，回到家到做好晚餐前，總覺得好像還在上班？
是喔——
尊敬
等我哪天
（最近行情下降）
萬一我嫁出去了，我做得來嗎？
現在的我到底有沒有能力把生活打理好？
又在暖爐桌下睡著……
來試試看吧！
先把自己準備好，以便隨時有人向我求婚!!
興致勃勃
起身

首先是這個月每天都要自己下廚
把目標貼在牆上
每天都要自己做飯。
每周料理食譜
好睏…
肚子好餓—
沙—
咕嚕~
咕嚕~
不到一星期就投降了
呼——
之後雖然又陸續挑戰了幾次
起身
加班…
3天就投降
唉~今天太累了
2天就撐不下去
竭盡所能變化花樣
改試著只做早餐
煮早餐
不一定非要每天做不可啦
隔天一次應該……
唉，還是每隔兩天…
把房子打掃乾淨
2天就放棄
晚上12點前就寢
1天就不行了
不管立什麼目標都只有受挫的分
早上
今後我也要每天自己做便當
…
應該辦不到吧

不倫之戀

從以前我就很愛算命
29歲
愛算命
妳要當心不倫之戀哦
妳和不倫戀有很深的孽緣
經常被算命師這麼說
年輕時候的確有不少類似的機會
舉棋不定～～
但每次只要想起
……
因不倫戀而受苦的友人面容
還是忍痛分手呢
唉
我也知道這樣下去不行……
他老婆和小孩還曾跑來店裡
要繼續跟他來往嗎？
經常被當成商談的對象
我一個人搭計程車就行了～
迴避

後來我那個朋友也嫁為人婦，過得很幸福
接下來想去哪裡？
去森下小姐家吧～
現在的狀況
偶爾兩人獨處時氣氛還不錯
大人的關係？
試一次看看無妨？
可是他已婚
醉醺醺
啊
此時幾個因不倫戀受害的友人臉孔浮現腦海——
哼
最近我老公的形跡很可疑哦…
我老公竟敢劈腿，我正在考慮是不是也來給他一頂綠帽子戴～
那我走囉
該不會
我的不倫戀孽緣，對象指的是這些人吧？

參拜

聽說去月老廟拜拜時
說出具體的願望比較容易實現——
但現在的我
心中的願望其實挺模糊的
只要能遇到不錯的對象就夠了
請保佑我明年就能跟現在的男友結婚——
哇，好具體呀
不錯不錯
最近我心裡幾乎沒什麼結婚的念頭
對於結婚的對象也沒啥想法
這樣下去……
一個人也無所謂啦
但又怕心裡若無一絲絲想結婚的念頭
緣分和運氣會不會就這樣跑掉了

萬事拜託
我想到了
請保佑我找到一個愛我
與我相處融洽
能和我開心地一起生活
呵呵呵
的對象吧……
笑咪咪
汪汪
啊
等、等等，剛才的不算
弄錯了
我要的是人類，人類啦
這樣的話妳去寵物店或領養處找就好啦～
呵呵呵
神明
唉唷
如果是這樣，還用得著祢說嗎～
人家還特地跑來京都拜拜耶

時尚潮流

和好久不見的前公司同事聚會
當時啊～
對呀對呀－
啊哈哈哈
我想去逛街買東西～
好哇好哇～
我好久沒逛街了呢！
這件如何？
不錯，看起來很年輕
歐巴桑才會這樣說話哦
妳現在喜歡的款式和以前不太一樣耶～
以前比較時髦哦～
土里土氣
因為有小孩啦～
我家老公念的幼稚園，媽媽們都很年輕又時髦
我不打扮得年輕一點哪行
沒辦法呀～
原來如此
我婆婆常會來個突擊檢查
害得我整個人都變老氣了
不過一方面也是因為已經有點年紀了啦
這是妳的衣服？
太花俏囉～
倒是惠美子都沒變耶～
好像是喔～
呵呵
不是卡其就是黑色或灰色
但我不改變是有原因的

如果我穿得太老氣、感覺像歐巴桑的服裝……
看起來完全就是個歐巴桑……
這樣對男性毫無吸引力……
難道是不想嫁人了嗎？
還是生活很困苦？
若身上帶著名牌包之類的高級品……
最近穿得滿體面的，但有沒有在存錢哪？
應該沒做什麼奇怪的事吧？
是喔~哈哈哈
父母都是這樣啦~
鄉下地方待久了~
從年輕時候就差不多是這個模樣
黑色針織衫
卡其色高領衫
八成隨意
兩成跟流行
就這樣過了34年
雖然沒啥大改變，但我也已經是個成熟獨立的大人囉
呵呵呵
以前
¥1980
¥1980
¥1980
¥1980
¥7,920
現在
¥6980
¥5800
¥12800
¥19800
¥45,380
那件外套是優衣庫的吧？
我也有一件哦—
29800
只是，再高級的衣服穿在我身上都像便宜貨，真讓人洩氣啊……

某寒夜的故事

終於連朋子也要嫁人了……
同學
唉……
我是不是也來參加好呢
加入婚姻介紹所的會員
入會必備文件
身分證
單身證明
單……單身證明……
想像
森下小姐，您的單身證明辦好了~
妄想
單身
30歲以上為金卡
單身
入會費
每月活動費
1年大約27萬日幣~
27萬
起跳
門檻設得這麼高（?），才能證明前來介紹所的都是真心想結婚的人吧……
27萬…
27萬……
要27萬耶……
身上有27萬的話我寧可去做排毒SPA

真想每星期都去做一次排毒SPA呀～
幻想……
幻想終歸只是幻想
全身排毒SPA每90分鐘收費13800日圓
一個月要55200日圓……簡直和房租不相上下了呀
1年就要66萬2400日圓……天哪——
27萬根本不夠用嘛～
我每個月的伙食費頂多只有2萬日圓……
要排毒的話，也可選岩盤浴或熱瑜伽呀
對了，瘦身俱樂部寄來的新DM說入會費0元，月費只要1萬，一年12萬
既有岩盤浴又可做熱瑜伽
一省就是15萬耶
哇～
這樣還夠買台蒸氣美容機和一些美容器具（新產品）呢
剩下的11萬就拿來買按摩椅吧～
嘿嘿嘿
自家美容院
請問那27萬要從何而來
ㄟ？

來電鈴聲

呼—
不知道從誰的置物櫃裏傳來了手機鈴聲
這是福山雅治的廣告曲……
我往發出鈴聲的置物櫃走過去…
前陣子福山他在廣播節目裏～
超級粉絲
可能是清水小姐的手機吧？
哦，這次是
這附近的置物櫃傳來的
我知道，這是嵐的連續劇主題曲
我要去看他們的春季演唱會——
喔—
應該是吉井小姐的
ㄟ？又傳來另一首？

這一定是三橋小姐的
這是誰的歌?!
是東方神起唷
呵呵呵
聚會時有聽過，所以記得很清楚
一個人的手機鈴聲快問快答
叮咚——
這次是那邊……
今天怎麼特別多呀
啊
對厚
今天是12月23日，耶誕夜前夕
看來大家下班後都有約會?!
圭子的手機在響耶——
啊，我的也是——
靜悄悄的手機
完全沒人來電
……
改成靜音模式
我的手機沒響
是因為改成靜音模式了啦——
我這是在跟誰解釋啊
好空虛……

打扮得太年輕
凸顯出老臉
…

打扮得太老氣
活像個歐巴桑
真難搞定

第２章　強敵現身

惠美子
不想結婚嗎？
經常有人問我這個問題
以前我會找各種理由或藉口來搪塞
我沒有打算不結婚～也不是沒對象～（虛榮）
慌張
心虛
現在則已經很習慣處理這種問題了
有對象的話我隨時可以結婚～
我想對方其實也不是真的那麼想知道答案吧
大部分的情況
呵呵
我想在國外舉辦婚禮耶～
惠美子覺得呢？
要不要我幫妳介紹對象呀～
總之，看對方是誰、給他一個能接受的答案就行了

對父母
(主要讓他們安心)
我總有一天會結婚啦
但就算單身也無所謂
對公司的歐巴桑大軍
我的男人緣很差呀……
我了解，說到我那個老公……
對小孩
阿姨如果有機會結婚一定馬上結～
大概就是這樣吧
對公司的上司
問別人這種問題太沒禮貌了吧
對親戚
我有男朋友啦(在哪)，別擔心
全都是善意的謊言
只要對方能接受，就不會再問第二次了
如果有「不結婚理由侍酒師」這種工作，我絕對能勝任
我老闆滿頑固的，只要一碰面就會問我
那麼妳覺得這款理由如何？
(我好像搞錯侍酒師的工作性質囉？)
但再厲害的侍酒師也有難搞定的強敵——

那就是店裡的常客
今兒個天氣真冷啊
平日中午有不少上年紀的人會來店裡閒晃
而且大多是住附近的人……
您好，今天真冷呀
您好，真的很冷呢～
（鄉下人式的回應……）
這位常客——
妳在這家店工作很久了哦——
一被纏住絕對會問這問題
還不打算結婚哪？
又不能不理客人
還沒耶～
每次都說還沒
每次只要瞄到他走進店裡，我就趕緊逃離現場
快閃～
但我們店門口會發放服務鈴
客人您好，這是您的服務鈴
叮鈴叮鈴
啊又來了
但你的父母不會有意見嗎？
干你啥事啊

我這苦笑表情
他應該看得懂吧？
不想回答
這種問題
反正
我有
男友～
呵呵呵
但有些人就是想看
我這種苦笑表情，
才故意問這問題
大多是公司
的重要人物呢
但只要我
稍微回話
嗯～
總有一天吧
呵呵呵
對方馬上說起教來
……
這種隨隨便
便的態度很
糟糕哦，一定
要想清楚
頭昏
這位客人想必是
退休後在家無所
事事、家中又沒
人理他，太無聊
了才會跑來這裡
吧……
勉強找個理由
說服自己要忍耐
現在不是很流行
那個什麼……
相親活動嗎？
去試試看嘛

想在年過三十不結婚的人越來越多，去參加相親會又因為眼界太高、找不到理想的對象
時事分析～想結婚的女子
這位客人，難不成您昨天深夜也有收看新聞台的時事分析喔……
我也有看
隨便看個電視節目就自以為是萬事通…
唉～傷腦筋哪
妳幹嘛不結婚？
該不會也是因為眼界太高吧？
這傢伙想必對身邊所有單身的人都提出過相同問題吧～
公司裏的小輩
親友的小孩
還是乾脆跟他明說「我不想回答這種問題」？
笑笑地跟他說…
但這樣做有可能只是把問題丟給其他同事……？
有沒有什麼好理由可以讓這位客人接受，再也不會問相同的問題？
嗯——
有了

……
也許是因為沒有男人想娶我吧……
接著露出受傷的表情
沒……沒有男人喜歡我
呵
沒……沒這回事啦，妳還那麼年輕……
不，我一點也不年輕了……無所謂啦
呵呵呵
……
那個……我要去買點別的東西－
北風與太陽的戰略大成功
這可是風衣給我的靈感唷
有男友的話
哈哈哈
明
暗
相反時
嘿嘿嘿～
只是，再這樣繼續下去，不管想不想結婚，都不會有人要問我了吧

人到了三十好幾，
自然也懂得如何
迴避結婚的
話題囉～
呵呵呵

第3章 重要日子的大決定

在《我的單身不命苦③》裏
一定要在35歲前……
35歲之前要好好努力
曾經這樣說過
隨著歲月流逝
我也正式邁入35歲的年紀了
橡皮擦印章
無所謂吧，反正也想不到有什麼壞處
呼
對人生感到倦怠
亂七八糟
大失敗
在35歲這個分水嶺
總該留下些回憶
不能繼續消沉下去了
來做點什麼激勵一下自己吧
……
出國旅行
買些貴的東西
做身體檢查
有了
來搬家吧
搬家！
嗯

把不要的東西全部丟掉
以全新的房間迎接35歲的來臨
……
房間裏有一半的東西都是不要的……
這可糟糕了……
唔
要搬家當然得先
算命
搬家時一定要選在好運的時間、從好運的方位搬入好運的房間
這天和這天……最好選在年中的時候搬家~
嗯嗯
謝謝您~
60分鐘5千日圓
地圖
還剩一點時間
有其他想算的事情嗎？
手相啦、塔羅牌或吉利方位
其他想算的事情嘛
嗯~
好像沒有

戀愛呀結婚之類的已經算膩了
算工作運也不見得真的會加薪……
對算命已心灰意冷的30幾歲單身女子
可是都已經付錢了
那就算算我的結婚運或男人運吧
結果
我看看，妳要到43歲之後才會結婚哦
43歲
又刷新紀錄了！
每算一次就往後延的婚期
是喔～反過來想，到43歲還有8年耶，該不會是認為這麼長一段時間，多少會出現個機會，才這樣說的吧～因為每次大概都是這樣的數字啊～
哼
太常算命以致心態有點扭曲的女人
算命請適可而止
還有，我應該去婚姻介紹所嗎？
這就不太適合妳了不去也行吧？
這是算出來的結果嗎…？
還是妳自己用肉眼判斷？
又沒看我的手相
那得花一筆錢呢——

唉，隨便啦，
反正已經知道
搬家的良辰吉
時與方位了
接著要開始
找房子
嗯——
房租5萬日圓
屋齡8年
1DK大樓
DK6疊
CL
西式房間8疊
這裏還不錯
就風水來看也OK
寫封E-MAIL
給房仲
寄出~
哇
回信還真快呢
房屋仲介
您是寫
E-MAIL來的
森下小姐嗎？
啊
好……
好帥……
請您稍待一下
心動

這兒還有其他物件
心跳加速
一起去看看這三間房子吧
我對主播型男人毫無招架之力呀～
啊，我在那邊上班耶——
噗噗
可惜不是坐在隔壁的助手席……
第1間
前面是停車場
哦，手上沒戴婚戒～
第2間
這裏的收納空間很大
但也許已經有女友了
第3間
有瓦斯爐可以使用
真希望我們公司裏也有這種男生
這些物件都請您考慮看看
謝謝您～
我是滿推薦第3間的大樓
嗯嗯
真開心
噗～
啊

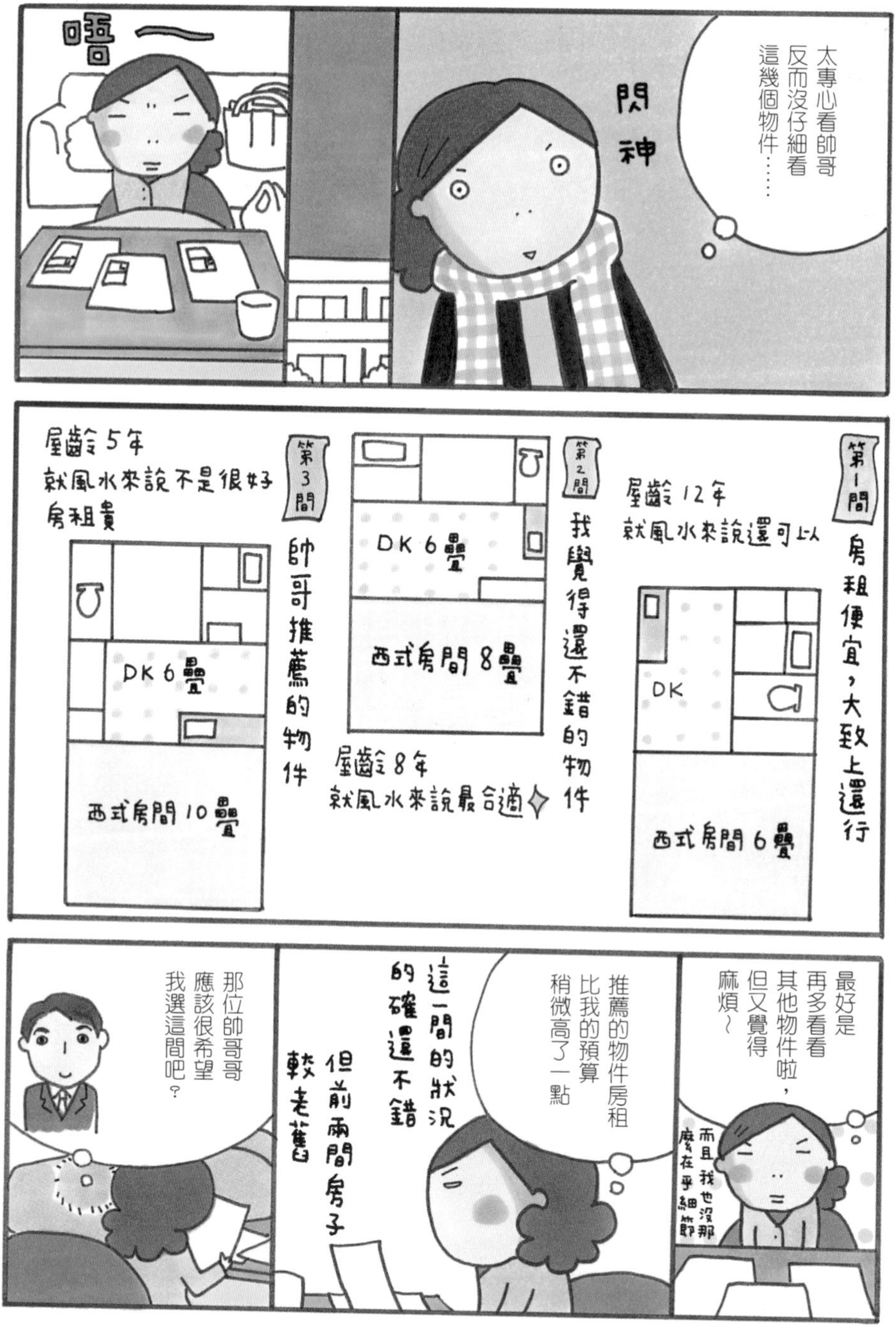

太專心看帥哥反而沒仔細看這幾個物件……
閃神
唔—
第1間
房租便宜，大致上還行
屋齡12年
就風水來說還可以
DK
西式房間6疊
第2間
我覺得還不錯的物件
DK 6疊
西式房間8疊
屋齡8年
就風水來說最合適✧
第3間
帥哥推薦的物件
屋齡5年
就風水來說不是很好
房租貴
DK 6疊
西式房間10疊
最好是再多看看其他物件啦，但又覺得麻煩～
而且我也沒那麼在乎細節
推薦的物件房租比我的預算稍微高了一點
這一間的狀況的確還不錯
但前兩間房子較老舊
那位帥哥應該很希望我選這間吧？

好，那就決定租下
帥哥哥推薦的房子吧——
特地去算的風水這下不就無用武之地了？
…
去給算命師看過的確運氣會比較好啦——
但能夠選到帥哥哥推薦的物件，也是滿好運的呀
決定了～來回信吧
嘻—
了結了一樁心願
室內裝潢
接下來要面臨的就是可怕的搬家地獄了

第4章 搬家地獄

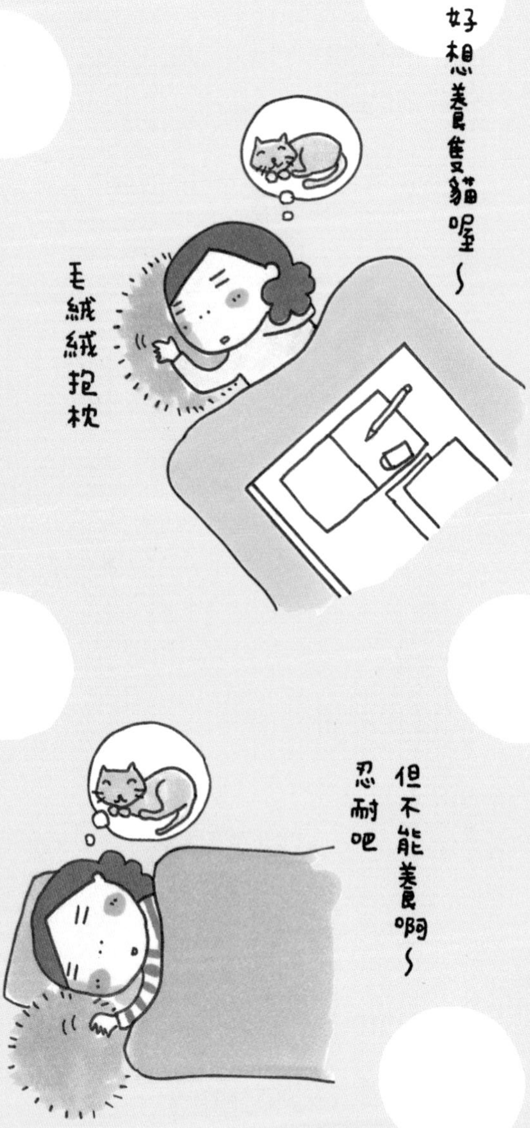

已經決定好搬去的地點
再來就是請搬家公司報價
毛絨絨抱枕
還要先整理東西讓搬家公司打包
就這樣辦吧
開始覺得麻煩了……
擦
擦
不過，搬家工作全靠自己一個人完成的話
搬家計畫
別有一種展開全新人生、好運即將降臨的感覺
又可當成35歲的紀念
雖然這種感覺毫無根據
好—先放這裡吧
塞
塞

多請幾家公司報價好做比價
先大致寫一下
今天的預定
8:30
12:00
17:00
請以上三家公司報價
叮咚——
您好
又是一位帥哥哥
心跳
幸好房子已經打掃過了
是1DK的房間哪～
嘻
要處理的東西其實滿多的
電視、沙發、床、櫥櫃等等～
今天可不能再恍神囉
交涉中
瞄
要記得殺價……
沒戴戒指耶
嗯嗯
我想您應該也有請其他公司報價吧？
嗯，另外還有2家
如果您今天就能決定由我們公司來負責，可以只算您這個價錢哦
閃亮

哇，使出最終殺手鐧囉
但也沒什麼不好啦
心頭小鹿又亂跳了
故意表現出為難的模樣
嗯~這個嘛
結果
那就拜託你們囉~
謝謝您！
笑
這麼一來，等下還得打給其他公司取消報價呢
如果您覺得很困擾，我可以幫您打這些電話
哦，可以嗎？
沒問題~
您好，我是今天請您報價的森下
好久沒有享受這種有男人代勞的感覺了~
心動
心動
完全一副被詐欺犯騙婚的女人模樣

今天
謝謝您了
一切就拜託
你們囉
真開心哪……
接下來是
搬家指南
該從哪一樣開始著手咧
茫茫然
當初搬來這裡時還有男友幫忙……
好久以前的事了
真希望現在也有人來幫我呀
但一方面又怕被人家看到這房間一團亂的模樣
一堆沒用完的調味料，
以前的電影或電視節目錄影帶，也不知道還能不能看
有效期限2006年
油
弄得到處都是的漫畫草稿
30歲單身的內容，被別人看到可不妙
數量多到嚇死人
各種畫圖工具和漫畫書

買回來的東西堆成了一座座小山…
果汁機，用來打蔬果汁……
研磨機，可以做小魚或芝麻香鬆…
各種膠原蛋白
踏步機
小臉用
瘦身用
美膚用
買了一大堆…
蒸臉機
可以放在鍋子上使用的電烤盤
小金魚扭腰運動機
蒸籠，清蒸食物有益身體健康
泡腳機，可預防雙腳冰冷
超級震動塑身機
好像……買太多了？
反省
早知道就把這些錢都存下來
說說罷了
這些都是心情不好時，趁下班後甚至大半夜亂買回來的東西
呵呵呵呵年輕就是本錢，沒化妝膚質還是這麼好
啊
討厭～
你這是搭訕嘛
光滑
…
人家也想要光滑柔嫩的肌膚
柔嫩
…
也就是說，亂買的東西有多少，我心情不好的次數就有多少

我看
把這些
全丟了吧~
才用過
3次…
可是丟掉後
我可能又會
再買新的
嘿咻
嘿咻
還是
全留著吧
以後還能用
接下來是
不穿的
衣服……
外套……
我幹嘛
買這麼多類似
的款式啊
全都黑色的
沒時間
一一反省
了啦……
塞
塞
沒在穿的
衣服先寄
回老家
壯——觀
大量的書籍
腰——痛
重要時刻竟
給我犯腰痛
這個還要
這個不要了
還要的東西
呼
呼
垃圾
要

唔—
15號前這件事先緩一緩吧，打個電話…
工作時一副要做不做的樣子
搖搖
晃晃
3小時後就要開始搬家了
行李應該都打包得差不多了吧……？
後面好像有人在叫我……
驚
惠美子看後面～
打開
關上
真……真想假裝沒看到
嗚
嗚
哭泣的惠美子
腰痛到臨界點
笨死了
還自以為一個人包辦所有的打包工作可以帶來好運咧
雖然這種感覺毫無根據
搖搖
晃晃
老了10歲

終於到了搬家的預定時間
叮
咚
全身無力
您好，我們是搬家公司派來的
好……好爽朗又帥氣的兩位大哥呀……
沒上妝
戴口罩掩飾
好像玩吃角子老虎開出三連星唷
不動產的帥哥哥
來計價的小哥
搬家公司的大哥們
答—一—啷
這次搬家
好像真會招來好運耶
搽
搽
不是三連星
而是三連帥哥吧？
根據
呼
呼

算命

我愛上……
算命了
塔羅牌
星座
手相
首先是27歲左右時在巢鴨的算命攤
晚婚對妳比較好哦
算命師這樣對我說
へ—
那是大概幾歲呢？
這個嘛……30歲左右比較剛好
之後只要算命，結婚年齡就不停往上增
34歲呀
要等到38歲唷
現在
43
完全沒有一個確定的時間
該不會～
他認為隨便講個8年後的年齡，瞎貓也會碰到死老鼠吧～？！
老是畫這種單身主題的故事
會不會沖淡我的姻緣哪……
有點擔心……
聽說人的手相會改變

嚀～
醉醺醺
好久沒算命了呢……
這位小姐，您不結婚也會過得很幸福喔～
姻緣線終於消失變成一條新的線?!
難道是單身線？
但也不是很糟的結果啦……說我還是會過得很幸福…
可是可是，可以的話
人……人……人家還是想結婚啦～
徬徨在夜歸路上、想著改天再來算命的惠美子

我幹嘛搬家啊？
真想改變主意……
一時衝動、完全沒想清楚的決定

最後的結局是——
這些
等一下
全丟了吧～
比起搬家，丟棄東西的代價更高啊。

第5章　最近怎麼樣呀？

搬進新家約1個月——
新家真棒哪——
行李也差不多都拆箱了
手續也大概都辦好了
在屋裏舉行了祈福儀式
福來也～
好運到～
鬼出去～
請帶來好運氣
小包裝的花生
要怎麼佈置房間呢
風水
北歐風裝潢
巴黎風裝潢
鈴～
鈴鈴～
是美咲打來的
美咲
喂
惠美子嗎？好久不見，我是美咲啦——
好久不見，妳好嗎？
美咲，國中、高中同學
住在埼玉
偶爾會互通音訊、報告近況

我收到妳的搬家通知明信片囉～感覺妳好像過得滿好的嘛
收到囉？是啊，我剛搬家～
房間都佈置好了嗎？
嗯，差不多了吧
我丟掉至少一半的東西呢——
哇～想必是大工程
嗯，搞得我差點邊搬邊大哭咧
哈哈哈
我那時候也一樣啦～
我們最後一次見面是在智子的婚禮吧？
是啊
智子下個月要生小孩囉
哇，好快唷～一下子就升格當媽媽了
……
美咲和我是當年的同級生當中
碩果僅存的單身雙人組
好耀眼
哪……
嗯……
我們住得很近，雖然沒有經常連絡
卻是彼此心靈上的寄託
反正還有美咲陪我

我們都很在意對方是否
有結婚的打算
最近怎麼樣呀？
扭
捏
不
安
美咲，最近怎麼樣啊？
扭
捏
什麼怎麼樣？
工……工作之類的
我快忙死了～
我也是，公司都不快點補新人～
也不加薪～
不景氣嘛～
惠美子最近怎麼樣呢？
緊張
最近哪……最近因為搬家搞得腰瘦背痛～
哇～現在還好嗎？
身體健康很重要哦
保重保重
我最近也開始囉
我喝酵素飲料還有豆漿
哦，我不錯呀～

若是聽到對方說要結婚了
扭
捏
自己一定會陷入恐慌
試探再試探
因此兩人都會拐彎抹角、避免直接問這個問題
不
安
她會先說嗎……？
我還是沒男朋友，也沒機會認識男生～
呵呵呵
萬一美咲交男朋友了
啊，我最近交男朋友了唷～
哇～恭喜你囉～
這種話我可講不出來～
太假了
看來還是要試探一下她的近況……
妳情人節有預定要做什麼嗎？
嗯～惠美子呢？
生日時妳會辦慶生會嗎？
嗯～惠美子呢？
結果被反將一軍
您先說
您先說

聽這個語氣…美咲應該還沒有男朋友吧？
但我們兩個目前都單身，如果她交了男朋友，也不知道該如何向我開口吧
深知女人心
唔～嗯
喵～
啊，別頑皮了
驚
妳養貓嗎～？
嗯，最近開始養的
哇～好棒喔——
用來替代貓咪
毛絨絨抱枕
我也有一隻超酷的貓唷～
貓咪超可愛的，下班回到家牠還會跑來門口迎接我呢
您回來啦
哇～太可愛了吧
有時候很討厭自己一人回到這空蕩蕩的家的感覺
對呀～下班後就會很想快點回家
我也是耶，但自從這孩子來陪我，我已經不會那樣了

心情不好時想到還有這孩子陪在身邊，就會有繼續打拚下去的勇氣了
我明白妳的心情，尤其是一個人很沮喪的時候
還有啊，半夜醒來覺得空虛不安時，看到這孩子就睡在旁邊，心就安定下來了
有時候的確會這樣……
最近託這孩子的福，即使是一個人也不覺得寂寞唷
驚
確認彼此目前依然單身
……
……
呵呵呵
看來她還沒交男朋友，也沒機會認識男生呢～
看來她的日子過得和我差不多呢
啊哈哈
於是那一夜，兩人都卸下了心防，繼續漫長的單身TALK

老家的貓咪
窩在我的腰上……
腰覺得
好溫暖
喔
腰痛
好像不
見了
呵呵
動彈不得

第6章　痕跡

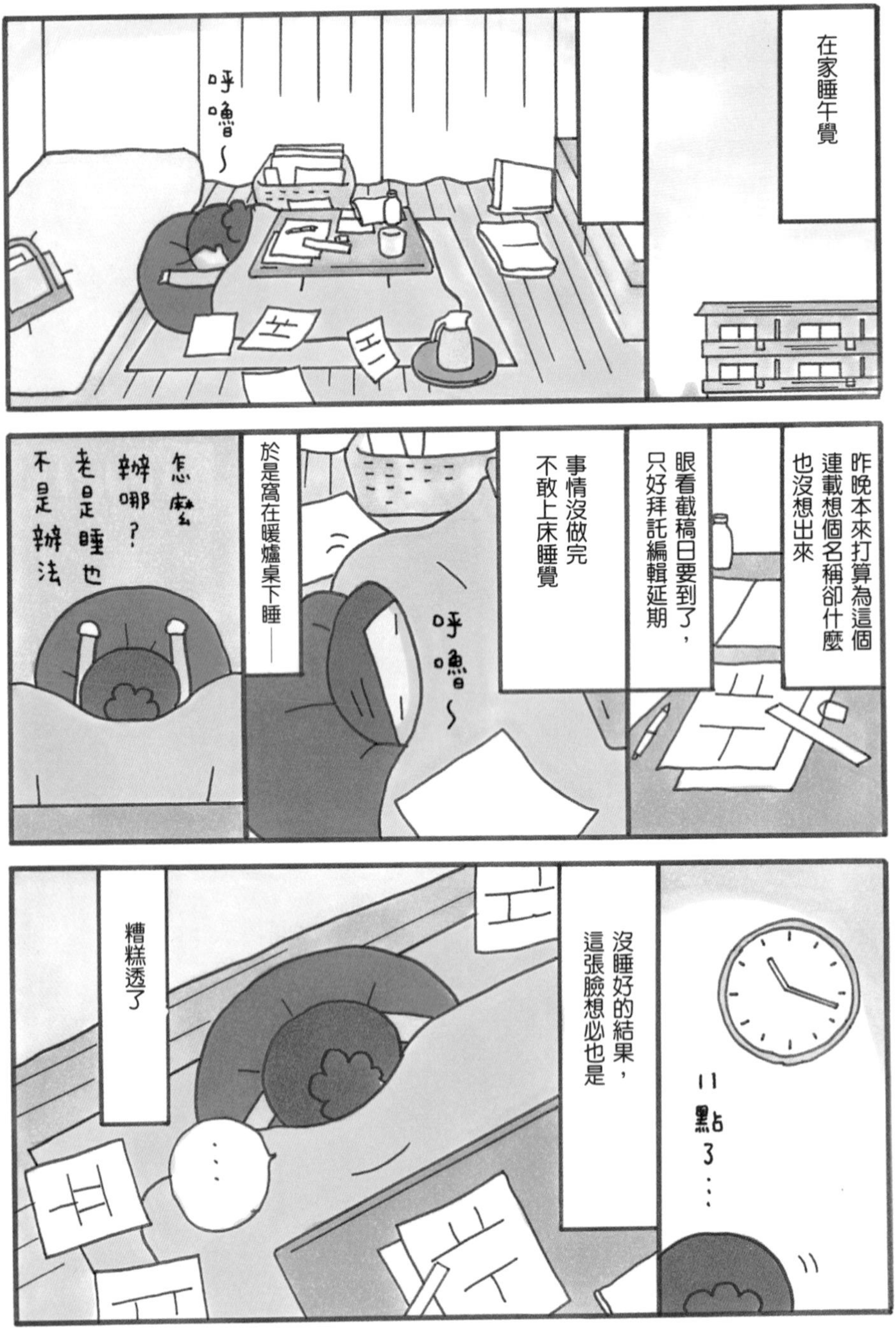
在家睡午覺
呼嚕～
昨晚本來打算為這個連載想個名稱卻什麼也沒想出來
眼看截稿日要到了，只好拜託編輯延期
事情沒做完不敢上床睡覺
呼嚕～
於是窩在暖爐桌下睡——
怎麼辦哪？老是睡也不是辦法
11點了…
沒睡好的結果，這張臉想必也是
…
糟糕透了

隔天要上班的日子，
我會注意讓自己睡眠充足
避免明天雙腿痠痛
泡腳機
消除水腫
按摩
注意睡覺的姿勢避免壓出睡痕
若是隔天放假，
整天窩在家裏的
那天晚上
完全不在意
呼嚕～
只是，
到了我現在這個年紀
睡相太差，後果都會
老老實實呈現在臉上……
最恐怖的一次是
我沒睡飽就去
參加聚會，
回到家後
一睡就是
10個小時……
癱倒
呼嚕～
呼嚕～
傍晚
起床時的臉
傻眼——
為什麼臉
已經浮腫
還能有這麼深
的皺紋～
那叫
皮膚
鬆弛
而且看起來
好老喔
一臉哭喪

但人終究還是要面對現實
趕快上妝
或不要繼續照鏡子
盯——
檢查臉上有沒有斑點毛孔或痘痘
這是斑點？還是影子？
是我多心了嗎？
這樣看是10年前的臉——
這樣看是10年後的臉——
……
看來一切都取決在法令紋哪
還有鬆弛問題
看看能不能撫平皺紋或抑制它的出現
好像沒辦法讓它消失
唉
30歲之後我養成了這習慣
讓雙頰鼓起避免法令紋出現
鼓起
最近甚至還會
加上撫平的動作（下意識地）
一直盯著自己的臉看
看久了好像也慢慢習慣了……

為了往後著想，我得牢牢記住這張可怕的睡臉
緊盯
如此一來，之後便會有種漸入佳境的感覺
哦，今天狀況好多了耶
呵
化妝之後感覺更好了
此外，往後若是出現更可怕的睡臉，多少也能緩和一下驚恐的程度
比起一下子受到極度驚嚇
日數
驚恐程度
階段式較不會受到太大打擊
越來越墮落的35歲
湯～
按摩
推
推
超音波美容機
嘰～
反正，能挽回多少是多少
唔～

今天——
今天這張睡臉的可怕程度，說不定會刷新紀錄…
唯一的選手
因睡眠不足補眠了10小時以上 晚上喝啤酒配洋芋棒和巧克力 煩惱書名該怎麼取 眉間都長出了皺紋 又窩在暖爐下睡著了
不過我還真想看看這張臉究竟還能恐怖到什麼程度……好緊張哪
這個部分算是最可怕的吧？
筋骨僵硬
唉，也該起床了…
腰痠背痛
…
唔——
嚴重程度好像跟平常差不多嘛？
皮膚乾燥
嚴重鬆弛
滿臉睡痕
肌膚粗糙
如果是已婚婦女
這張睡臉鐵定能逗得另一半哈哈大笑
呵呵呵
哈哈哈

這想法對我來說只能說是天方夜譚吧……
呵
鈴鈴
睡眼惺忪
喂
哦，妳起床啦？
是啊
妳有空嗎？要不要一起去吃個午餐？
好啊~
那我們約12點好嗎？
ㄟ
我才剛起床，12點到有點難耶……
那妳想約幾點？
泡澡
保濕
美容
化妝
這個嘛~
也許要等到午餐時間過後哦？
……那我們要不要改約吃晚餐？
(看穿)
好…

回家後
好睏——
直接
又睡著了……
臉一定很恐怖
皮膚似乎有點
粗糙…
……但此外竟沒
其他異狀……？
啊
原來是還沒卸妝

第7章 ～惠美子的日常 特別篇～成長了嗎？

一個人生活的房間佈置史

到了今天
真像剛搬出來自己住時的房間耶
這次一定要佈置出一個完美的房間!!
不准失敗
好漂亮的顏色……
我就是想買這種的～
好貴
可是，現在買的家具是要用一輩子的
唔～
但搬家花掉太多錢，買東西要謹慎哪
唔嗯～
算了，還是先隨便買個箱子應急吧
啊，真便宜～
應急的箱子
啊
這不又變成歷史重演了嗎

KTV

好久沒來唱KTV了耶～
我也是～
有很多新歌雖然聽過，但我們都不怎麼會唱——
這首呢？
熱烈
討論
（年紀都30好幾）
所以乾脆都選90年代的歌曲
當時很流行唱卡拉OK
年輕時候還不太能理解這些歌詞的含意，長大之後就都懂了
真的耶——
感動中……
現在唱工藤靜香的歌有點吃力了呢
「戀一夜」
當年細讀辛島美登里的「耶誕夜」歌詞時，內心可是澎湃不已呢
是喔——
當時我超愛聽帶點悲情的耶誕歌曲……
要不要唱？
唱嘛
唱嘛
再見啦～
哇～情緒都上來了耶

這些意境只有累積了多年經驗的成熟大人才能體會啊
呵
歌詞主要是講失戀的心情吧
來挑幾首這一類歌曲唱吧
我也要
這種挑歌方式也挺有趣的
我自己有沒有這一類的主題歌呢
呵——
對了
我陪姪女玩小南瓜遊戲時
要開始囉
好——
可愛的～
突然瞭解了「孫子」這首歌的意境
孫
流行當時倒是不怎麼理解歌詞的含意……
…
可惜我只會唱開頭的部分，沒辦法整首唱完～
每次都只重複唱開頭的部分
（突然想唱了）
於是我選了這首
齊藤由貴的「畢業」
制服的……
哇，好懷念唷

失敗

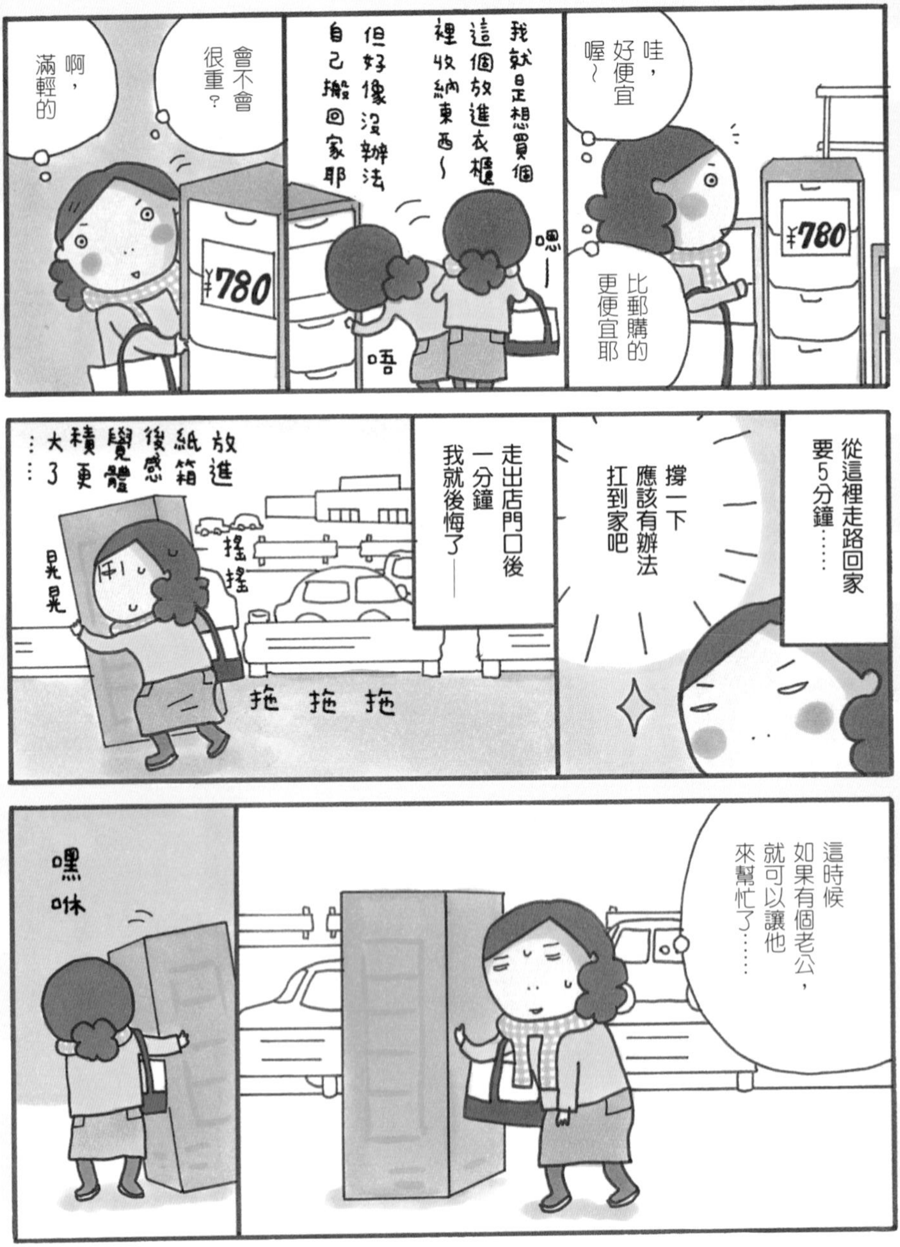

哇，好便宜喔～
比郵購的更便宜耶
我就是想買個這個放進衣櫃裡收納東西～
但好像沒辦法自己搬回家耶
嗯—
唔
會不會很重？
啊，滿輕的
從這裡走路回家要5分鐘……
撐一下應該有辦法扛到家吧
走出店門口後一分鐘我就後悔了——
放進紙箱後感覺體積更大了……
晃晃
搖搖
拖拖拖
這時候如果有個老公，就可以讓他來幫忙了……
嘿咻

不對……
有老公的人絕不會做出像這樣的蠢事……
一定會馬上叫老公來處理，哪可能拚老命地自己想辦法搬回家呀……
唉
如果有台車就好了……
喘 喘 拖 拖
呼 呼
快到了
拖 拖
咚 咚
手好痛～
喘 喘
不過這樣一來衣服就能整齊地收進衣櫃裏了
股
卡
真希望這個失敗只是一場夢……
……

阿姨①

阿姨，廁所在哪裡～？
要叫姊姊——真不好意思
貼心的年輕媽媽
沒關係啦
下個轉角右轉就是了～
30歲左右時被叫「阿姨」，心裏還會覺得不太舒服
現在竟然無所謂了
之前
啊，這位阿姨，您忘了拿傘唷——
謝謝～
不客氣
很自然地接受了
是因為年紀大了
還是包容心變大了？

我好想要這個唷～
很想這樣穿又怕穿起來不好看—
不過，阿姨您這輩的人來穿的話反而顯得特別可愛唷
刺傷
這種時候就會受傷
沒惡意脫口而出的話反而傷人
…
以圖示來說明的話就像這樣
35歲 25 20 15 5歲
和自己小孩（假如有的話）年紀相仿
心裡會介意
被叫阿姨無所謂
已經習慣被叫「阿姨」之路
還沒準備好被叫「阿姨」之路
會受傷
『習慣了』
看來我還是走中間吧
『還不習慣』
挖
挖

料 理

高麗菜
蒸燉豬肉
好吃
啦拉 啦拉 啦拉
雜亂
興奮
興奮
我買了摩洛哥塔吉鍋
可是我
好像買太多功能類似的料理器具了……
燉鍋
蒸鍋
蒸氣機
好像一到30歲
就有種強迫自己要像個成熟大人般自己做菜的想法
快速料理
一周料理
方便的冷凍食物
簡單節約
可是下班回到家不是很晚就是很累，完全提不起勁做菜
唉～
好麻煩唷

到最後演變成
瞎忙一場，
空買了一堆
便利型的
料理器具
…
面對家裡這一堆不論
蒸煮都能一鍋完成、
功能非常類似的器具，真不
知該如何是好
我真是個笨蛋
就算現在
用不著，
結婚後還是
派得上用場吧？
也不算浪費啦
烤三明治的機器←
31歲的時候
這個擋箭牌
隨著年齡漸長
慢慢失去了說服力
…
壓力也越來越大
「既然買了就要
拿出來使用啊」
「該自己下廚了吧」
花錢買了卻不用，
太浪費了啦……
打擊
而且還因此
白花了不少力氣
其實，就算不
自己下廚，也不
會因此惹得
誰不高興啊……

惠美子的一天

今天早上要開晨會
所以提早一小時起床
哇啊啊啊
關於景氣不好的話題
一大早就覺得自己老了好幾歲
那位客人好像很生氣耶
雖然這是以前買的
但剛才那個店員是什麼態度啊？
真的很抱歉
又覺得自己老了好幾歲
呃～二、四、六、八的
…
啊，妳知道這該怎麼算嗎？
人家還以為我在念咒語咧
20歲
這下子又更覺得自己老了好幾歲
唉

森下小姐，妳的包包真好看耶～
開門
在哪裡買的呀～
嗯～百貨公司啦～
呵呵呵
稍微往上回升
快點再往上升吧
上班的購物中心裏有一家我滿喜歡的麵包店
啊，今天辛苦了，下班了嗎？
是啊
竄升
全滿
wii fit
呼
喝
妳的平衡感年齡是
34歲
34
太好了
晚安

總反省

每天都會記錄的家計簿
每個月還要進行一次總反省，看看是否有無謂的浪費開銷
唔——
又買了一堆料理書
方便的冷凍食品
終結冰箱裡的剩菜
結果完全沒做
不過總有一天用得到
不算浪費吧
根本沒時間玩還買了一堆遊戲軟體
DS
PSP
等到要玩的時候都變成了舊款遊戲，而且還會降價
哈
不過總有一天會拿出來玩，先放著看也開心
不算浪費吧
家計簿

還有這一堆吃了也不知道有沒有效果的健康食品
但這罐的確很棒
Q10
大豆卵磷脂餅乾
不過都是為了減肥或提振精神買的
絕不能說是浪費
盯
滿滿
黃帝液
又買了一堆款式差不多的衣服
卡其色
針織衫
不過都是在上班的百貨公司裡買的
對銷售額有所貢獻
不算浪費啦
還有這個月的通訊講座教材
當初的確是想學才買的…
串珠飾品講座
不過等我老了以後還是可以學!!
不算浪費哦～
還在反省當中
呵

生日會

以前
店長
僵
啪 啪
每逢有人生日，我們公司就會在晨會時送花給壽星
當時由於我對30歲這個數字有點敏感
請參考《我的單身不命苦①》
我……不是很喜歡花耶……
想要拒絕收禮
結果還是逃不過
啪 啪 啪
甜點
之後演變成壽星可以自己選擇要花束或點心盒
可以自選的原因是「森下小姐說她愛食物更勝花束」
我比較喜歡甜點，不愛花束啦
啊、我的形象完蛋了……
那不是我的本意呀……
今年的生日
今年來選花束吧
改變形象
對了，換了店長之後，晨會送壽星賀禮的儀式也跟著取消
改成在辦公室內
恭喜妳～
謝謝

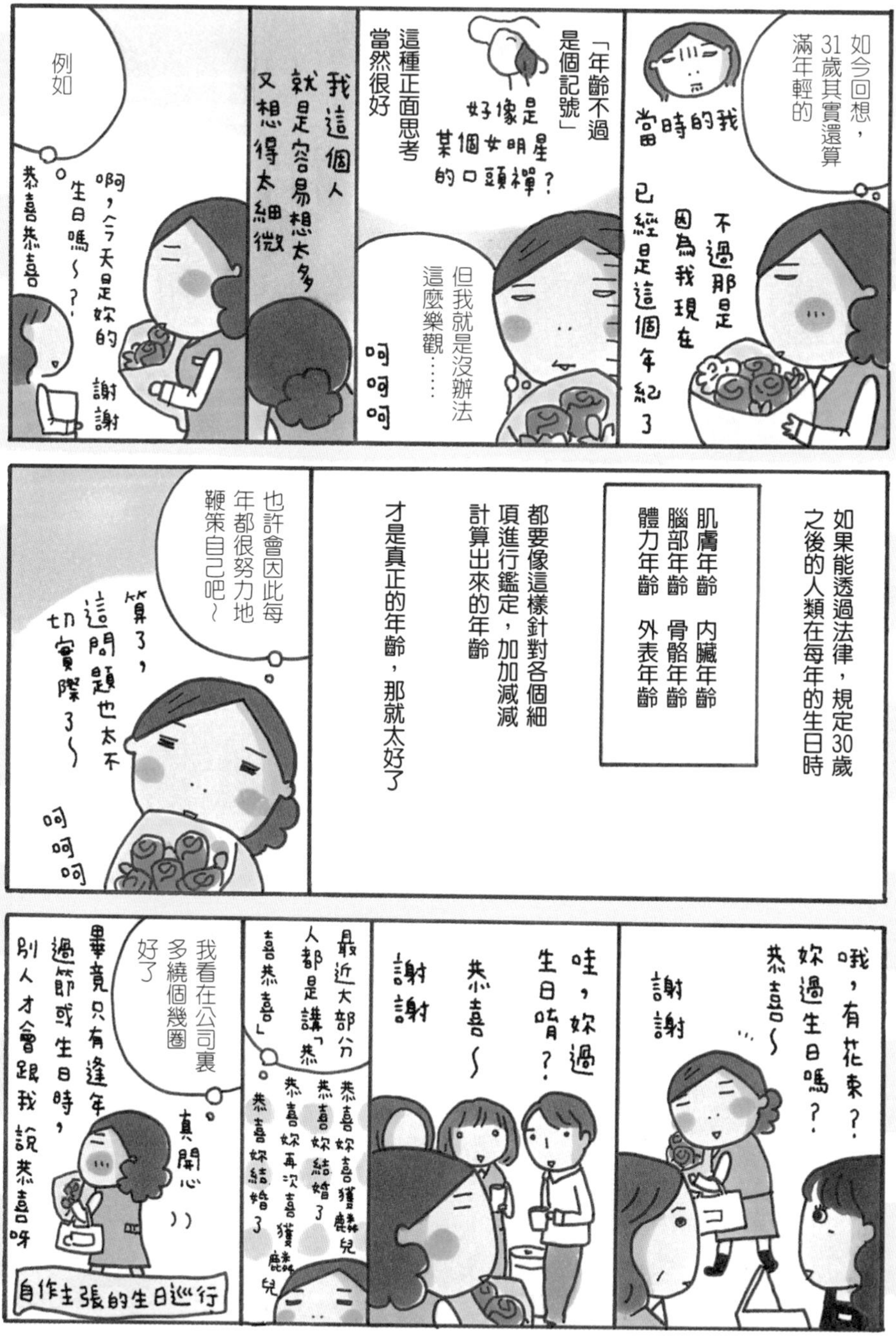
如今回想，31歲其實還算滿年輕的
當時的我
不過那是因為我現在已經是這個年紀了
「年齡不過是個記號」
好像是某個女明星的口頭禪？
這種正面思考當然很好
但我就是沒辦法這麼樂觀……
呵呵呵
我這個人就是容易想太多又想得太細微
例如
啊，今天是妳的生日嗎～？
恭喜恭喜
謝謝
如果能透過法律，規定30歲之後的人類在每年的生日時
肌膚年齡 內臟年齡
腦部年齡 骨骼年齡
體力年齡 外表年齡
都要像這樣針對各個細項進行鑑定，加加減減計算出來的年齡
才是真正的年齡，那就太好了
也許會因此每年都很努力地鞭策自己吧～
算了，這問題也太不切實際了～
呵呵呵
哦，有花束？妳過生日嗎？恭喜～
謝謝
哇，妳過生日唷？
恭喜～
謝謝
最近大部分人都是講「恭喜恭喜」
恭喜妳喜獲麟兒
恭喜妳結婚了
恭喜妳再次喜獲麟兒
恭喜妳結婚了
我看在公司裏多繞個幾圈好了
畢竟只有逢年過節或生日時，別人才會跟我說恭喜呀
真開心
自作主張的生日巡行

我的日記本

1月
我決定今年的日記本只記錄好事
日記本裡只寫好事
不但能讓心情好
說不定還會帶來好運
某本雜誌是這樣寫的
但我一整年都忙得要命
嗚嗚
呵呵討厭~
隨時處於心慌意亂的狀態
沒多久
日記裡寫的盡是灰暗的內容
滿腹牢騷
決定在2月生日的時候重新開始
今天起
要以嶄新的心情迎接每一天
好事嘛……
即使是微不足道的小事也好
去便利商店買的泡芙真是好吃
鮮奶油
奶黃醬

午餐吃的義大利麵超美味
玉米
培根
拿坡里風味
半價買到的壽司好吃極了
壽司
根本就是個貪吃鬼日記嘛
反覆看幾次肚子都餓了……
除了讓人變胖沒別的好處
今天排泄良好
腰部狀況不錯
這是……健康手冊吧……
其實也不必勉強一定要寫些什麼，遇到好事情的時候再寫就好啦？
空白一片
決定在4月進入新年度的時候重新開始
買了全新的日記本
這次絕對要讓它變成一本很棒的日記本
4月初始

（譯註：日本的新年度為每年4月）

阿姨②

那件裙子真可愛
呵呵
我在「SHIMAMURA」買的
時髦的女孩都穿「SHIMAMURA」的衣服耶
我就沒那個自信了～
但新聞也有報導過，東京一些外國進口的平價服飾店也變成了熱門的排隊店耶
喔——我前陣子去東京時也去朝聖過哩
店名好像是叫FOREVER…
ㄟ……發音是二十一還是TWENTY ONE哪……
對對，就是那家FOREVER TWENTY ONE
呼
還有啊，它隔壁也有一家感覺很類似的店唷
嗯……我記得是……
隱隱約約
店名是什麼呀
另外那一家……
等等
因為是英文，我一時想不起來
就是來自北歐先來設點的那家呀
嗯～是叫什麼來著…

去找個年輕人問問看好了
等等
東張
西望
「會被當成阿姨級看待唷」
驚
已經有想去問年輕人的歐巴桑想法了
唉唷~就快想起了說~
明知道是啥卻想不起名字
唔~
啊，田嶋一定知道
本部門的買家
哦，妳是說H&M吧？
我陪女兒去逛過哦
對對，就是這個名字啦~
妳比我還年輕，記性卻這麼不好呀~？
竊笑
不論對方年長年幼一概被視為歐巴桑
苦笑

當時的歌曲

90年代熱門排行榜前50名!!
哇～
哦，這首是……
以前兜風時最常聽的歌曲……
唱完了
接下來是這首
啪
下一首是……
這首是曾經很流行的連續劇主題曲……
當時我可是有男友的……

那麼/我們來聽下一首～
啪
又唱完囉
啊，這首是我前男友很喜歡的歌曲耶……
當時真是開心哪……
整個狀況簡直就像「賣火柴的女孩」
又消失掉了
啪
「賣火柴的女孩」故事的結局是？
什麼？！結局是這樣？！
太……太悲哀了吧……
是以前那女人最愛唱的KTV歌曲……
還說那是她的主題曲咧～
沉浸在一堆往事中滿累人的
還是回到現實去吧

歌聲

嚼
嚼
腰部又隱隱作痛了
唉——
還是來唱首歌吧
平日中午整間大樓裏沒人在家
Wii的卡拉OK
前幾天去到久違了的KTV時突然發現
比起以往，我的歌聲明顯老了許多……
先不論歌喉好壞……
高音部分怎會出現像媽媽桑的風格呀？

其實我很少去KTV，所以也不是很在意
而且都是跟朋友一起去…
但若碰到萬一的時候……
是啊，萬一被邀請一起去唱KTV，或者萬一KTV裏只有兩個人在
又或者萬一是去聯誼…
於是我天天練習唱歌
哦，歌聲變得滿好的唷～
但這時候卻又苦無表現的機會，真是懊惱呀……
算了，反正唱唱歌轉換一下心情也不錯～
情緒低落
唱卡拉OK可有效預防老年癡呆症
活化腦細胞
有這種事～
情緒再度高漲

夏季露天演唱會

一到夏天
就少不了夏季的
露天演唱會
今年要去嗎~?
每年只要一公佈
演唱者名單
我就開始和
朋友商量
麻衣子
是我從高中開始
就會一起去聽露天
演唱會的好夥伴
2個孩子的媽媽
從20幾歲開始，
一起去參加夏季的
露天演唱會
嘩
嘩
就成了我們
兩人之間的默契
買入場券時
學生時代
我們會討論
要穿什麼服裝
參加
要穿什麼呢~?
嗯~
成為上班族後，
討論的重點
變成安排可以
一起去的時間
我應該可以跟同事換班~
我也可以早點下班~

最近則是一切以彼此的體力為考慮重點
天氣不是很熱的話，應該沒問題～
中午去好像太熱了
去年我們甚至顧不得喜歡的音樂人就快要上台演唱
寧願先找個地方休息
好熱 我不行了……
「兩人聚在一起時，彷彿又回復到學生時代了～」
原本的盤算是如此
回家路上超沮喪
我們不再年輕囉
真的～
於是今年
這次就不要太勉強了
嗯，妳說的是
30好幾之後的默契
完全進入「有參加就有夠了」的境界

參加演唱會前的準備

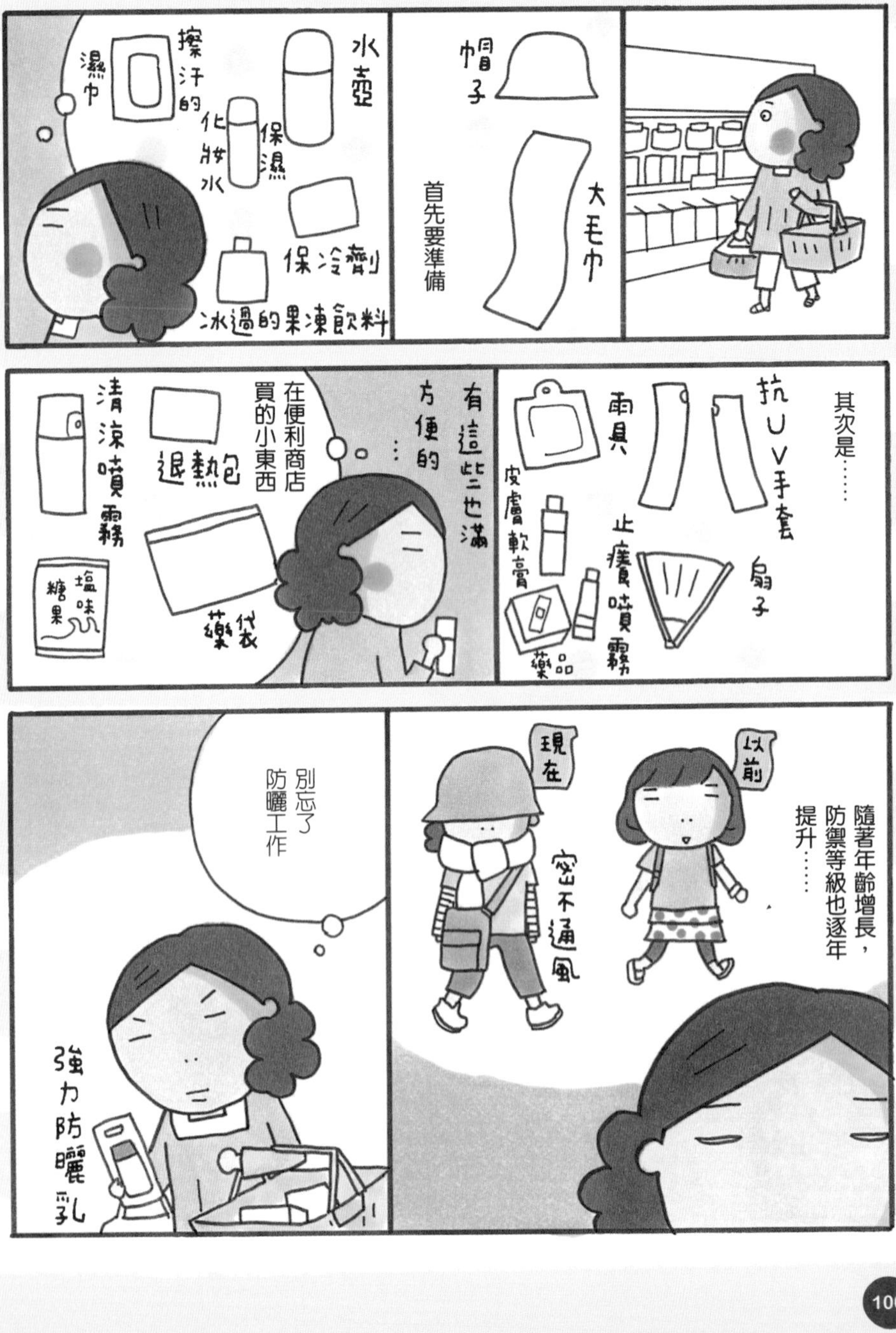
首先要準備
帽子
大毛巾
水壺
擦汗的
濕巾
化妝水
保濕
保冷劑
冰過的果凍飲料
其次是……
抗UV手套
雨具
皮膚軟膏
止癢噴霧
扇子
藥品
有這些也滿方便的……
在便利商店買的小東西
清涼噴霧
退熱包
鹽味糖果
藥袋
隨著年齡增長，防禦等級也逐年提升……
以前
現在
密不通風
別忘了防曬工作
強力防曬乳

就美容保養來說
是完全不可以
曬到太陽的……
但稍微曬一下
應該
沒關係吧……
268
這是因為
哦，妳
曬黑啦？
難道妳
去參加露天
演唱會了？
真是年輕又有活力呀～
露天演唱會的美好回憶(?)
嘿嘿
人家說妳年輕不等於
妳就是年輕人
知道啦！
但我就是愛聽嘛
總之，
看能不能找到
能夠盡量防曬又
可以稍微曬黑一
點點的產品～
嗯—
討價還價
的歐巴桑
微妙
心態

腦袋裡的我

我的腦袋裡還有另一個我
只要我開始幻想，她就會現身
請參考《我的單身不命苦③》
剛好順路回家
哪有那麼巧的事
老是逼我自己下廚煮飯
工作好累呀～
ぐ～
已婚婦女一定會自己下廚
既然買了就要使用啊～
不過，一旦覺得不安時
不安
不要想了啦——
喂～不是叫妳別想了嘛——
我的情緒煞車器
倒是可以想想萬一中樂透時要怎麼辦

一旦有狀況時
好像有客訴耶～
她倒是在腦子裡修行了起來……
這東西平常都可以使用三年，怎麼才一年就壞啦～
耶誕節
苦行僧
哈哈哈
呵呵
唔——好睏～
修行？
呼
呼
不斷地修行，總有一天會遇到好事吧
果真如此就好了
呵
所以至今依然持續修行中
短程計程車
這麼晚了您先生不會擔心嗎？
小孩呢？
哦，您還單身哪？那要快點結婚囉～
瀑布
心如止水

老鳥的修鍊之路

每次看到一些工作精明幹練的年輕人
那就拜託您了
就會覺得自己得多加油才行~
每天早上都不想去上班
不喜歡要背責任的工作
也懶得去教導後輩菜鳥
無精打采——
啊，森下小姐
什麼事？
那個「愛說教老頭」又來了耶
別自以為年輕，工作態度就可以隨隨便便
一抓到女店員就開始訓話的客人
有個新人被纏住了……
去……去幫她們解圍吧
雖然我也很怕

工作時要多為客人著想嘛
咦？
轉頭
這次就算了
太好了……
不知道為什麼他突然大發脾氣～
那位客人只要遇到男店員或資深的老鳥，馬上就會逃離現場
根本就是欺善怕惡嘛
這種人一定是在家裡被老婆壓得死死的，故意跑來這裡找人發洩
整天待在家看了也礙眼吧
歐巴桑們的猜想
是喔～在客人眼裡，我也算是幹練的老鳥店員囉？
俐落
驕傲
是我想太多了……
所以他就故意挑那些看起來單純又老實的年輕人下手～
歐巴桑的話就可以逃過一劫了
啊哈哈
我也是一靠近他就跑掉了呢

麵包店的小哥？

啊 今天辛苦了
麵包店的小哥真是可愛
今天好像沒來上班~
可惜啊
每天去報到可能會嚇到人家
所以我盡量克制自己每周只去2~3次
那裏有值班表耶
真想偷看一下
瞄——
辦不到
辛苦了
哦，您也辛苦了~
咦？
那不是麵包店的小哥嗎？

麵包店的小哥
←
大叔？
脫掉制服後簡直判若兩人哪
但我從以前就是個容易大驚小怪的人
員工旅遊
POLO衫
僵住—
這點小驚嚇不算什麼了～
小事一樁……
呵呵呵
事到如今，談戀愛已經不是我人生的一大問題，倒是……
這也算是……判若兩人吧？
化妝後
乾淨整齊
外
↓
家
懶散～
差距越來越大…

想買東西的藉口

糟糕
反正我平常也不會去買那些名牌包
這樣想的話…
反正我平常也沒在買名牌貨
換成那些名牌化妝品的話…

第8章 搬家時的小插曲

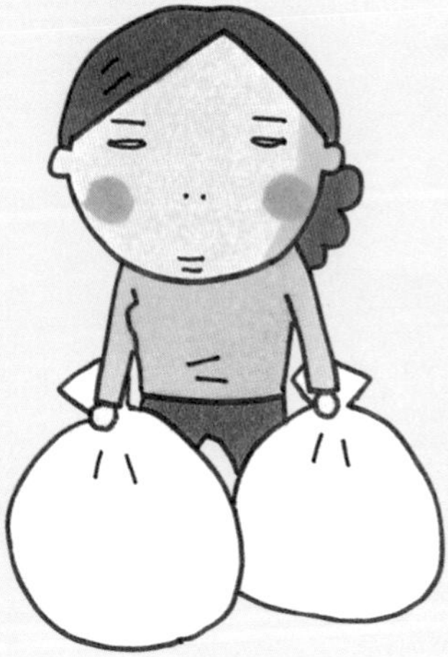

將時間稍微往前推
「搬家公司一小時後才會來……」
的那時候發生的事
搬家公司的人就快來了
我卻還沒打包完畢
紙箱不夠用了
都快來不及了還出這種包…！
僵—
我看先裝進垃圾袋擋著用吧
好主意
這些跟那堆真正的垃圾混在一起就糟了……
垃圾
衣服
做個記號免得和垃圾搞混了
嗯～
貼
非垃圾
寫在膠帶上
貼
垃圾
貼
垃圾

結果看起來好像全都是垃圾
非垃圾
垃圾
幾乎無法分辨
早知道就只貼這個標籤但那些沒貼標籤的袋子會不會誤以為是忘記貼上『非垃圾』的東西呀？看來兩者都貼標籤是個錯誤想法但也許最大敗筆是標示的方式不對
非垃圾
還是把要丟的東西推到角落去吧
ㄟ～這包是垃圾嗎？
這包不是垃圾
垃圾
非垃圾
說要推到角落去
唉唷～好難分辨喔
但四周完全找不到空的角落
加上這種雜亂無章的打包方式
這包先放這裡吧～
這些寄回老家
這些要丟掉
打包好的紙箱和要丟掉的垃圾全混在一起了……
其中有一半的東西都是要丟掉的…
因為都是隨便堆放，很怕要丟掉的東西忘了做記號，要帶走的包裹反而誤寫成垃圾……
這下覺得更不放心了……

後悔已經來不及了
唉
反省中
搞成這副德性，大概又會以失敗收場吧……
應該一開始先想清楚的
唉唉～
咦？
…
這不是以前員工旅遊時的紀念照嗎!!
好、
好懷念哪～
以前的公司，也就是說
（辭掉百貨公司後的新工作）
8年前？9年前？
也就是
心算
26、27歲左右…
年輕
人生如果可以重來，真想回到那個年紀呀……
幻想中

這家公司太累人了，還是以前的公司好呀～
一人店長～後來倒店了
一開始莫名其妙選了服務業，之後還是繼續只待在服務業……
從事服務業的人大多是女性，像我這種人是越來越沒機會談戀愛了
如果一開始選的是男性較多的一般公司，命運也許就不一樣了？
也許有機會跟製造商、對方公司的人…
可以重來一次的話，真想回到20歲呀
選擇職業時至少會同時考慮到自己的將來
不不，最好是能回到更前面的大學時代，多念點書
那是…18歲？
滑 滑
但最好還是回到更前面的高中時代，多念點書
那是…15歲？
推 推
非垃圾
但如果我聯考的時候沒有好成績，就進不了好的高中……
那是要回到13歲？
15歲時的成績差強人意
一切要從13歲的時候重新來過的話……
好麻煩……
唉
非垃圾
垃圾

唉，
就算重新來過，
我依然還會是
這副德性吧
反正男性多的公司
也不見得好過……
女生長得夠可愛，去哪裡都會受歡迎
非垃圾
唉——
受歡迎的人生究竟
是什麼滋味呀？
啊，倒不如重新投胎，變成像綾瀨遙那樣的可愛女孩～
即使進不了演藝圈～
在普通人的世界裡，應該也會大受歡迎吧～
真期待呀
徹底地逃避現實
非垃圾
垃圾
垃
非垃圾
驚
您好，
這裡是○○
搬家公司
30分鐘後我們
將抵達貴府～
立刻回到現實
失措
慌張

冷靜冷靜
嗯——
先處理這些
垃圾
垃圾
照
對了，我得換件像樣的衣服，這張臉也該整理一下
蓬頭
垢面
可是我還沒打包好
但這張臉實在見不得人
反正搬家公司的人
也看多了像我這種打包得亂七八糟
全身上下邋邋遢遢的人應該無所謂吧…
但萬一搬家公司的人長得超帥的話？
一想到這點就非化妝不可了
三十好幾的我
當天要用的東西就放在手提包裡

看著這一大堆混雜著要丟棄與要帶走的包裹紙箱…
垃圾
垃圾
應該有些東西會被誤丟吧
算了算了如果被誤丟
就當成它命該如此吧
說不定它本來就該被丟掉呀
腦袋因為搬家的事已經超過負荷了
呵呵呵
叮咚
回到53頁
多虧搬家公司的幫忙
以各種顏色膠帶分類
貼
不愧是專業人士…
終於順利完成搬家工作

第9章 一個人行不行哪

去朋友的新家玩耍
哇—好漂亮
請進
這是新落成的小禮物~
謝謝~
蓋間新房子除了要花錢，還有許多事情要處理
我老公希望新家能蓋在父母親家附近
真了不起呀~
對了，我也有搬家禮物要送給惠美子~
這很好吃哦~
哇，謝謝~
不是包裝精美的一般果醬，而是手工製的法式果醬
機會難得，當然要美美地享用
「覆盆莓&牛奶」會是什麼樣的滋味呀~
好像很好吃耶

轉
轉～
轉
喝呀～
毛巾
再挑戰一次
打不開～
好緊～
「瓶蓋」
「打不開」
へ一
唔
轉轉
這罐打不開，試試看另一罐好了

先浸泡溫水
我轉
以火加熱
怕怕
我轉~
利用能止滑的橡膠手套
我轉~
還有…
在瓶蓋上打洞
可是這個罐子好可愛，想留著用
辣韭
唔~
而且打洞後如果沒吃完，還得考慮該如何保存
對了，我來問問里惠子，看要怎麼打開這瓶蓋吧
不好意思~我都是拜託老公開瓶蓋耶~

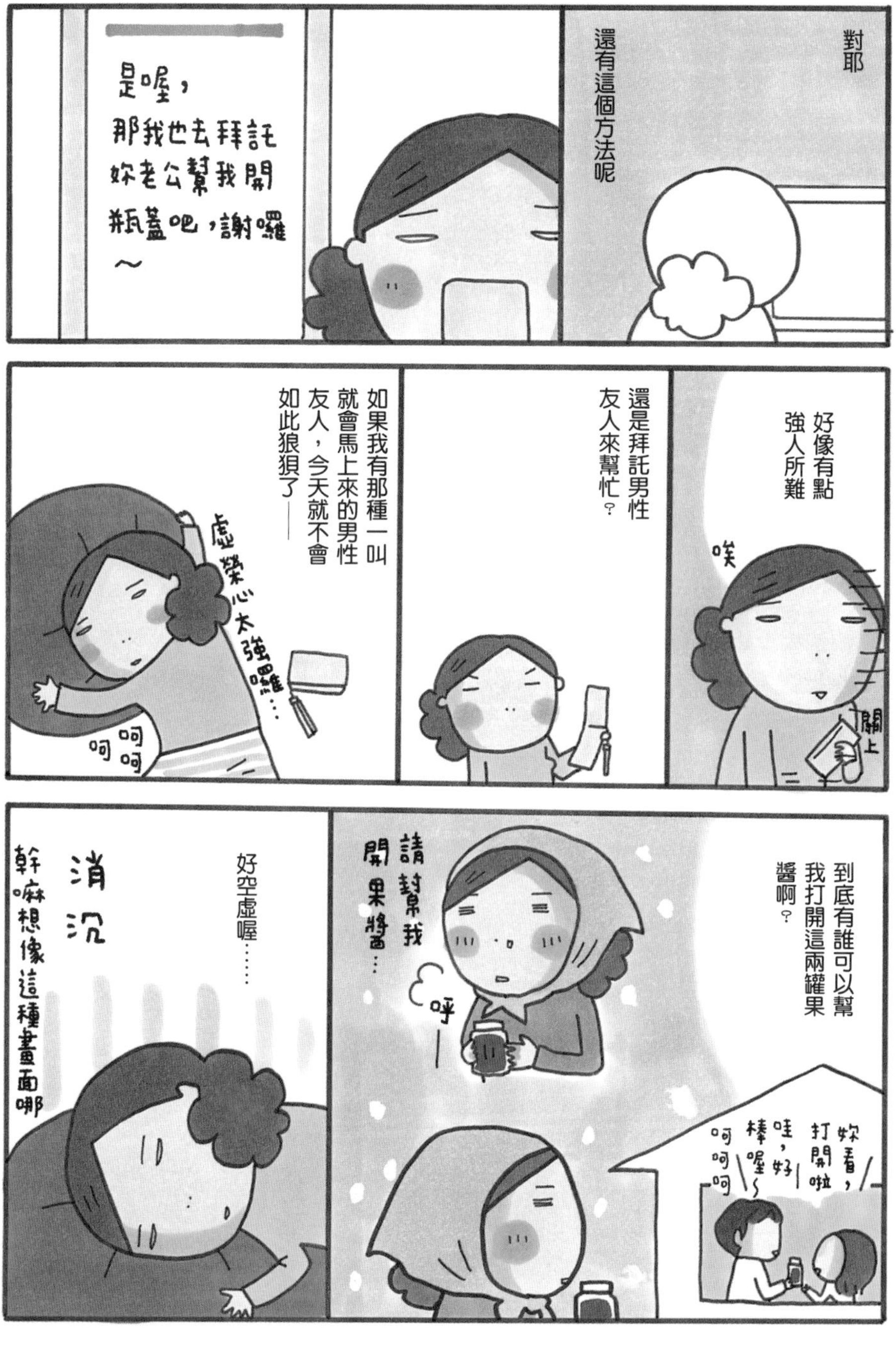
對耶
還有這個方法呢
是喔，那我也去拜託妳老公幫我開瓶蓋吧，謝囉～
好像有點強人所難
唉
關上
還是拜託男性友人來幫忙？
如果我有那種一叫就會馬上來的男性友人，今天就不會如此狼狽了——
虛榮心太強囉……
呵呵呵
到底有誰可以幫我打開這兩罐果醬啊？
請幫我開果醬…
呼
妳看，打開啦
哇，好棒喔～
呵呵呵
好空虛喔……
消沉
幹嘛想像這種畫面哪

難不成直到我交男朋友之前，都沒辦法打開這罐果醬……？
保存期限是——
哇
製造日期之後6個月
還有半年……
那麼——
快去廟裡拜月老吧？
但既然還有半年不如趁這段期間鍛鍊握力說不定打開瓶蓋的機率更高哩……
捏
捏
唉……
明明不是什麼了不起的大事卻愛胡思亂想，搞得自己意志消沉～

嗨，早安～
早安～
我把果醬帶來了
請誰幫個忙吧
就這樣
這瓶蓋好緊～人家打不開呀
讓我試試看吧？！
明明就不是實話
這讓我想起剛進公司的時候
不好意思，我打不開這東西
什麼？我試試看
不好意思，我打不開這東西
拜託！這也打不開唷？！
十幾年前我就發現大家對待我的態度不同於其他新人，很早就死心了

年過30後，我的依賴心卻反而變重了
好重～
我來吧
大家多少是看在我年紀的分上
小心您的腰呀
但工作中突然要人家幫忙開果醬，很可能會嚇到對方吧
請幫我打開這個～
妳現在要吃嗎？
…
以最自然的態度
咚
大家都很節儉，所以便當內容十分隨興
還有
菜泡飯料
白飯
土司
美乃滋
好漂亮喔
哦
醬油
白麵條
啊
我的果醬蓋子打不開哪～
有誰可以幫我打開這個蓋子嗎
有沒有見義勇為的王子呀～
如果有這種人，我就不必煞費苦心啦
只要能打開誰來開都行
東張
西望
呵呵

怎麼啦？
打不開嗎？
我幫妳開開看
喝
轉轉
啪
打開囉
阿……
阿姨好厲害唷
太帥了
謝謝～
呵呵，不論拿幾罐來我都可以幫妳開唷～
一個果醬瓶蓋都搞不定，看來我也得練練握力囉
要不要來買這個？
有個好東西可以幫妳解決這問題喔～
哦～原來有這種東西呀
『開蓋器』
我愛方便小道具
哇～
真方便～
啪
轉
今天依然單身不命苦

後記

感謝大家努力
看到最後一頁！

不論是寫e-mail或明信片
所有讀者的來信我都看得很開心！

熱情地
支持我

人生路上有得也有失，
但無論如何，
希望大家都能過得開心愉快

我要感謝將這本書設計得如此可愛的
美術設計中井小姐！✧
承蒙照顧了！

有今井編輯，不論是這本書還是之前的任何一本
沒有今井就沒有這些作品的誕生。
改天再一起去吃鰻魚飯吧～！
啊，還要去東京大神宮！沾沾一些喜氣囉♡

業務部的大家和書店的朋友們✧
以及幫助這本書順利出版的所有人✧
非常感謝你們！✧
當然，還有正在看這本書的親愛的讀者✧
向你們致上我最真誠的謝意！

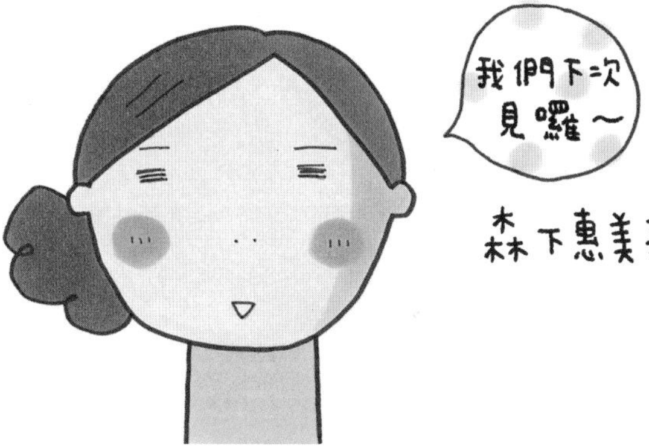

森下惠美子

國家圖書館出版品預行編目資料

今天原來還是單身!? / 森下惠美子著；陳怡君譯——初版——臺北市：大田，民101.02
面；公分.——（titan ; 082）

ISBN 978-986-179-241-5（平裝）

861.67 101001023

TITAN 082

今天原來還是單身!?

森下惠美子◎著
陳怡君◎譯
鄒瑋琳◎手寫字

出版者：大田出版有限公司
台北市10445中山區中山北路二段26巷2號2樓
E-mail：titan3@ms22.hinet.net http：//www.titan3.com.tw
編輯部專線：（02）25621383 傳眞：（02）25818761
【如果您對本書或本出版公司有任何意見，歡迎來電】
行政院新聞局版台業字第397號
法律顧問：甘龍強律師

總編輯：莊培園
副總編輯：蔡鳳儀
企劃行銷：林庭羽
校對：蘇淑惠／陳怡君
承製：知己圖書股份有限公司 電話：(04)23581803
初版：二〇一二年（民101）三月三十日 定價：250元
再版：二〇一三年（民102）六月二十一日（二刷）
總經銷：知己圖書股份有限公司 郵政劃撥：15060393
（台北公司）台北市106辛亥路一段30號9樓
電話：（02）23672044 / 23672047 傳眞：（02）23635741
（台中公司）台中市407工業30路1號
電話：（04）23595819 傳眞：（04）23595493
國際書碼：978-986-179-241-5 CIP：861.67 / 101001023

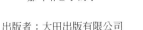

廣	告	回	郵
台北郵局登記證			
台	北	廣	字
第 01764 號			

平 信

To：大田出版有限公司　編輯部收

地址：台北市 10445 中山區中山北路二段 26 巷 2 號 2 樓
電話：（02）25621383　傳真：（02）25818761
E-mail：titan3@ms22.hinet.net

＊請沿虛線剪下，對摺裝訂寄回，謝謝！

From：地址：..

姓名：..

大田精美小禮物等著你！

只要在回函卡背面留下正確的姓名、E-mail和聯絡地址，
並寄回大田出版社，
你有機會得到大田精美的小禮物！
得獎名單每雙月10日，
將公布於大田出版「編輯病」部落格，
請密切注意！

大田編輯病部落格：http：//titan3.pixnet.net/blog/

智　慧　與　美　麗　的　許　諾　之　地

我想今後還是會繼續對年齡斤斤計較
並珍惜地度過我接下來的每一年～
——森下惠美子

✳請沿虛線剪下，對摺裝訂寄回，謝謝！

讀　者　回　函

你可能是各種年齡、各種職業、各種學校、各種收入的代表，
這些社會身分雖然不重要，但是，我們希望在下一本書中也能找到你。

名字／____________ 性別／□女 □男　出生／______年_____月_____日

教育程度／

職業：□ 學生□ 教師□ 內勤職員□ 家庭主婦 □ SOHO族□ 企業主管
□ 服務業□ 製造業□ 醫藥護理□ 軍警□ 資訊業□ 銷售業務
□ 其他 ____________________

E-mail/____________________ 電話／____________________

聯絡地址：

你如何發現這本書的？　書名：今天原來還是單身!?

□書店閒逛時________書店 □不小心在網路書站看到（哪一家網路書店？）________
□朋友的男朋友(女朋友)灑狗血推薦 □大田電子報或編輯病部落格 □大田FB粉絲專頁
□部落格版主推薦 ____________________
□其他各種可能 ，是編輯沒想到的 ____________________

你或許常常愛上新的咖啡廣告、新的偶像明星、新的衣服、新的香水……
但是，你怎麼愛上一本新書的？

□我覺得還滿便宜的啦！ □我被內容感動 □我對本書作者的作品有蒐集癖
□我最喜歡有贈品的書 □老實講「貴出版社」的整體包裝還滿合我意的 □以上皆非
□可能還有其他說法，請告訴我們你的說法

____

你一定有不同凡響的閱讀嗜好，請告訴我們：

□哲學 □心理學 □宗教 □自然生態 □流行趨勢 □醫療保健 □ 財經企管□ 史地□ 傳記
□ 文學□ 散文□ 原住民 □ 小說□ 親子叢書□ 休閒旅遊□ 其他 ____________

你對於紙本書以及電子書一起出版時，你會先選擇購買

□ 紙本書□ 電子書□ 其他____________________

如果本書出版電子版，你會購買嗎？

□ 會□ 不會□ 其他____________________

你認為電子書有哪些品項讓你想要購買？

□ 純文學小說□ 輕小說□ 圖文書□ 旅遊資訊□ 心理勵志□ 語言學習□ 美容保養
□ 服裝搭配□ 攝影□ 寵物□ 其他 ____________________

請說出對本書的其他意見：

大田出版有限公司編輯部 感謝您！